MAYA
e a Fera

MAYA
e a Fera

Escrito por
Maya Gabeira

Ilustrado por
Ramona Kaulitzki

Copyright © Maya Gabeira, 2022
Texto e ilustrações © Maya Gabeira, 2022
Capa © Abrams Books for Young Readers, 2022
Copyright © Editora Planeta do Brasil, 2022
Copyright da tradução © Karina Barbosa dos Santos
Todos os direitos reservados.

As ilustrações deste livro foram feitas digitalmente com várias texturas analógicas.

Preparação: Paloma Blanca Alves Barbieri
Revisão: Vanessa Almeida
Diagramação: Márcia Matos
Capa e projeto gráfico: Heather Kelly
Ilustrações de miolo e de capa: Ramona Kaulitzki
Adaptação de capa: Beatriz Borges

Dados Internacionais de Catalogação na Publicação (CIP)
Angélica Ilacqua CRB-8/7057

> Gabeira, Maya
>   Maya e a fera / Maya Gabeira; ilustrado por Ramona Kaulitzki; traduzido por Karina Barbosa dos Santos. - São Paulo: Planeta do Brasil, 2022.
>   48 p.
>
>   ISBN 978-85-422-2021-6
>   Título original: Maya and the Beast
>
>   1. Literatura infantojuvenil I. Título II. Kaulitzki, Ramona III. Santos, Karina Barbosa dos

Índice para catálogo sistemático:
1. Literatura infantojuvenil

 Ao escolher este livro, você está apoiando o manejo responsável das florestas do mundo

2022

Todos os direitos desta edição reservados à
EDITORA PLANETA DO BRASIL LTDA.
Rua Bela Cintra, 986, 4º andar - Consolação
São Paulo - SP-01415-002
www.planetadelivros.com.br
faleconosco@editoraplaneta.com.br

MAYA
e a Fera

Escrito por
Maya Gabeira

Ilustrado por
Ramona Kaulitzki

Traduzido por
Karina Barbosa dos Santos

Para meu jovem sobrinho, Leo. Tenho o sonho e a esperança de compartilhar com ele muitas aventuras nas ondas!

Para meu pai, Fernando, que é o verdadeiro escritor talentoso da família. Obrigada pela sua infinita inspiração.

E para minha irmã, Tami, uma professora de pré-escola apaixonada pelo que faz e que me mostrou o mundo dos livros ilustrados como ninguém.
— M. G.

Para Fabian.
— *R. K.*

ERA UMA VEZ, uma Fera que vivia em um vilarejo de pescadores chamado Nazaré.

Essa Fera não era um animal nem um monstro. Ela era uma onda, feita de água.

Mas não era uma onda qualquer. No inverno, em certos dias, ela poderia ser mais alta que um prédio de sete andares. Mais alta que o Cristo Redentor, no Rio de Janeiro, e que a Torre de Londres, na cidade de Londres. Maior até que a baleia-azul, o maior animal do mundo!

Sempre que a onda quebrava, ela fazia um som alto e assustador. Os moradores de Nazaré conseguiam ouvir o barulho da Fera até mesmo de suas casas. À noite, quando já estavam prontos para dormir, eles sentiam as janelas balançando e o chão tremendo por causa da Fera.

Naquele mesmo vilarejo, havia uma garota chamada Maya. Ela era tímida e só se sentia segura de verdade quando se escondia atrás da saia de sua mãe, quando contava histórias para seu pai, ou quando brincava com seus cachorros, Naza e Stormy.

Maya tinha asma e, muitas vezes, sentia dificuldade para respirar. Por isso, levava seu remédio para todo lugar. Quando sentia seu peito apertado e sua asma atacava, ela não podia brincar na rua com suas amigas e se sentia frágil e assustada. Ela queria tanto poder respirar melhor!

Apesar disso, havia uma coisa que fazia Maya se sentir forte: praticar esportes. Ela amava dançar, fazer ginástica e principalmente nadar – para Maya, nada se comparava à sensação de estar dentro da água.

Maya já tinha ouvido falar da Fera de seu vilarejo. Ela até já havia escutado aqueles sons assustadores. Desde que era bem pequenina, ela ouvia histórias sobre os perigos de se chegar perto das grandes ondas de Nazaré.

Mas isso não impediu que Maya saísse em busca de aventuras: ela queria ver a Fera de perto. Assim, um dia, saiu de casa com Naza e Stormy. Ela seguiu por um caminho pelo qual nunca tinha passado e logo se deparou com um grande penhasco.

Maya parou na beira do penhasco e olhou para a água. Sentiu o vento frio e observou as ondas enormes. A Fera não era feia ou assustadora como as pessoas diziam. Pelo contrário. Era a coisa mais linda que Maya já tinha visto.

A força das ondas, o som que elas faziam ao se quebrarem contra as rochas, seus tons de azul, a água respingando... Ela ficou fascinada.

Então, outra coisa chamou a atenção de Maya: havia garotos na água! Eles estavam deslizando pelas ondas, parecendo criaturas minúsculas em meio ao grande mar azul. Com velocidade, aqueles meninos corajosos desafiavam a Fera... Foi a primeira vez que Maya viu alguém surfando.

Ela nunca tinha visto algo tão emocionante. Foi amor à primeira vista.

Ao voltar para casa, Maya contou ao seu pai o que tinha visto.

— Papai, descobri qual é o meu sonho! Quero surfar! É um esporte em que os meninos deslizam pelas ondas. É a coisa mais legal que já vi.

O pai de Maya não entendia muito de surfe, mas percebeu a paixão que sua filha sentia. Assim, na manhã seguinte...

Maya encontrou um presente.

Ela ficou tão feliz que correu com sua prancha de surfe até a praia, onde havia pequenas ondas quebrando na beirinha do mar. Mais uma vez, os garotos estavam lá, surfando, sorrindo e se divertindo. Maya criou coragem e se aproximou de um deles. Então, perguntou se ele poderia ensiná-la a surfar. Mas o menino apenas a olhou e disse:

— Este lugar não é para você. Surfar é perigoso demais para meninas.

Maya ficou de coração partido. Como ela poderia desafiar a Fera se ninguém queria ensiná-la a surfar, nem mesmo nas ondas pequenas?

No dia seguinte, Maya foi até o topo do penhasco outra vez. Lá, encontrou uma linda concha. Ela a pegou, colocou na orelha e, entre o barulho das ondas, ouviu...

Maya, se o seu sonho é surfar, você precisa continuar tentando.

Você cairá muitas vezes, mas não desista.

Muitos dirão que esse esporte não é para meninas, mas não acredite neles.

Qualquer um que se esforçar bastante pode se tornar um grande surfista.

VOCÊ pode se tornar uma grande surfista, Maya.

Maya olhou para a água. Ela sabia que a Fera estava chamando seu nome. Sentindo a presença tranquila das águas, uma nova força surgiu dentro dela. Encarando a Fera, Maya não sentiu timidez nem medo. Ela sabia que não podia mais ficar apenas olhando.

Ainda mais determinada, Maya colocou a prancha debaixo do braço e correu de volta para a praia...

... e, desde então, ela passou a correr para lá todos os dias.

Ela nadou e nadou e nadou, mesmo quando sentia frio e ficava sem ar. No início, ela tinha medo de segurar a respiração debaixo d'água. Mas, como tinha asma, sempre que precisava mergulhar em uma onda, Maya já sabia como seria a sensação da falta de ar. E, quanto mais nadava, menos ela sentia aquele aperto no peito. Na água, o que parecia ser sua fraqueza acabou se tornando seu ponto forte.

Na areia, Maya treinou vários movimentos para conseguir ficar em pé na prancha. Cada vez que caía, ela se levantava e tentava de novo.

Sempre ignorando os garotos que a encaravam, ela levava a prancha rumo às ondas menores e continuava praticando.

Conforme Maya ficava mais forte e mais confiante em cima de sua prancha, sua determinação e sua paixão também aumentavam. Com o passar dos dias, ela se sentiu mais forte e resiliente. Ela se sentiu poderosa. Ela se sentiu feliz.

Um dia, Maya voltou para o penhasco, procurando a concha especial que havia falado com ela. Quando a encontrou, colocou o objeto na orelha e ouviu:

A Fera está orgulhosa de você, Maya.
Nunca desista dos seus sonhos, e seja gentil com aqueles que ajudarem você em sua jornada.

Todos nós somos criaturas pequeninas em um mundo gigantesco.

Mas até mesmo a menor das criaturas pode ter uma coragem tão grande quanto o mar.

Maya fechou os olhos e ouviu a água batendo nas rochas. Ela sabia que precisava tanto do mar e das ondas quanto do ar em seus pulmões.

Maya seria uma grande surfista, uma campeã, e ninguém poderia impedi-la. Com suas conquistas, iria surpreender a todos, exceto a Fera. Sonhava com o dia em que provaria que uma menina era capaz de surfar na maior onda do mundo.

Até que, certo dia...

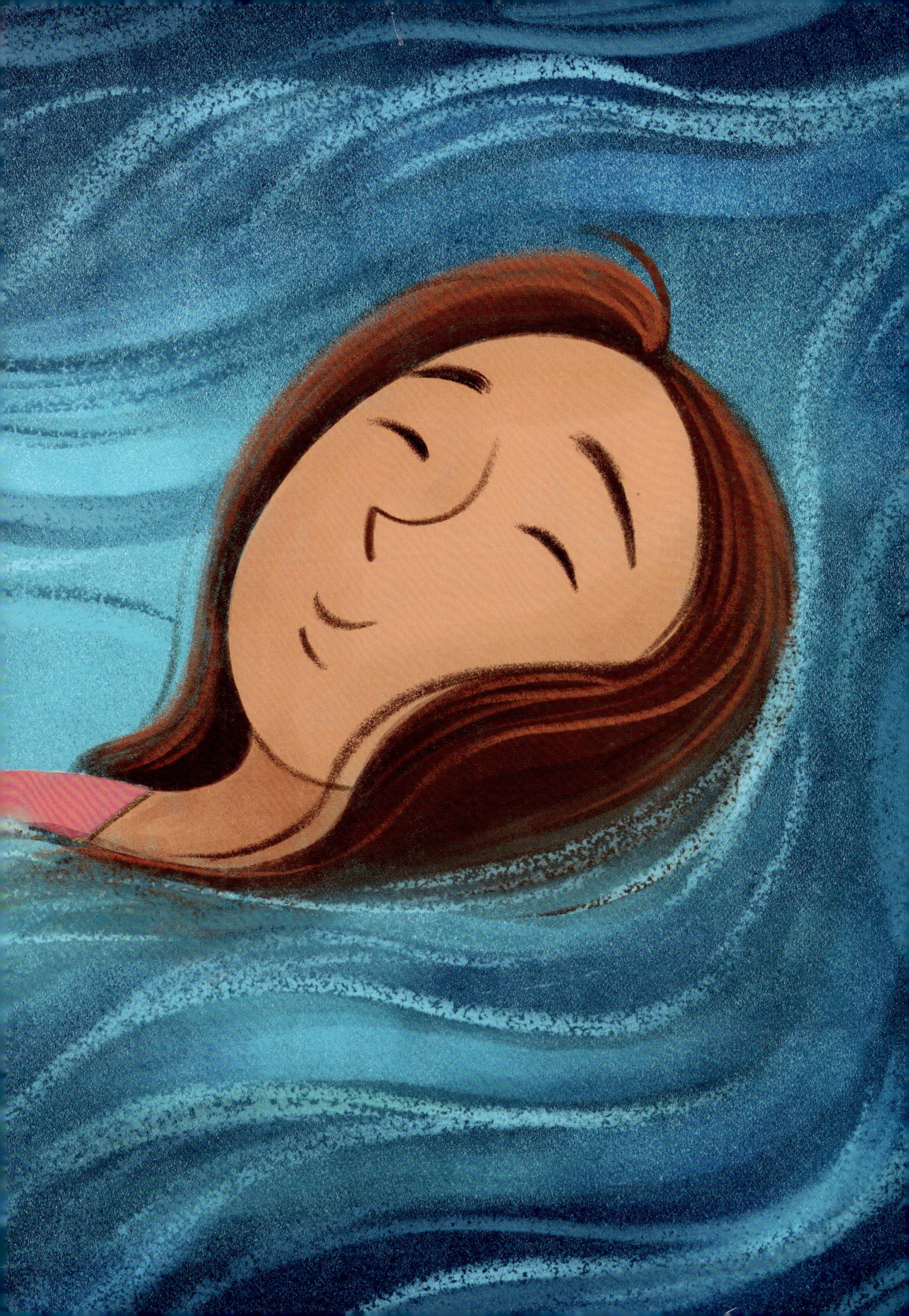

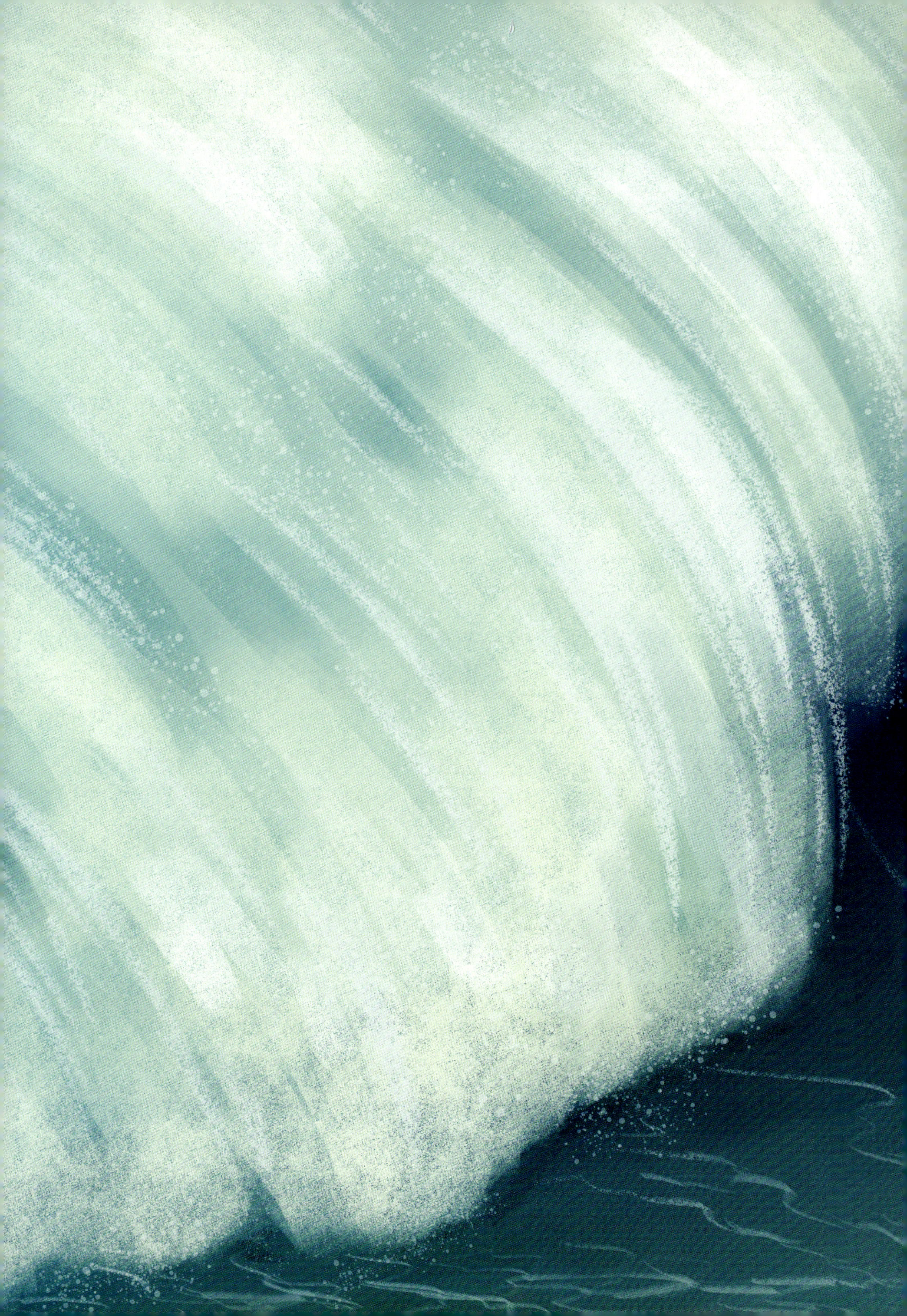

... ela conseguiu.

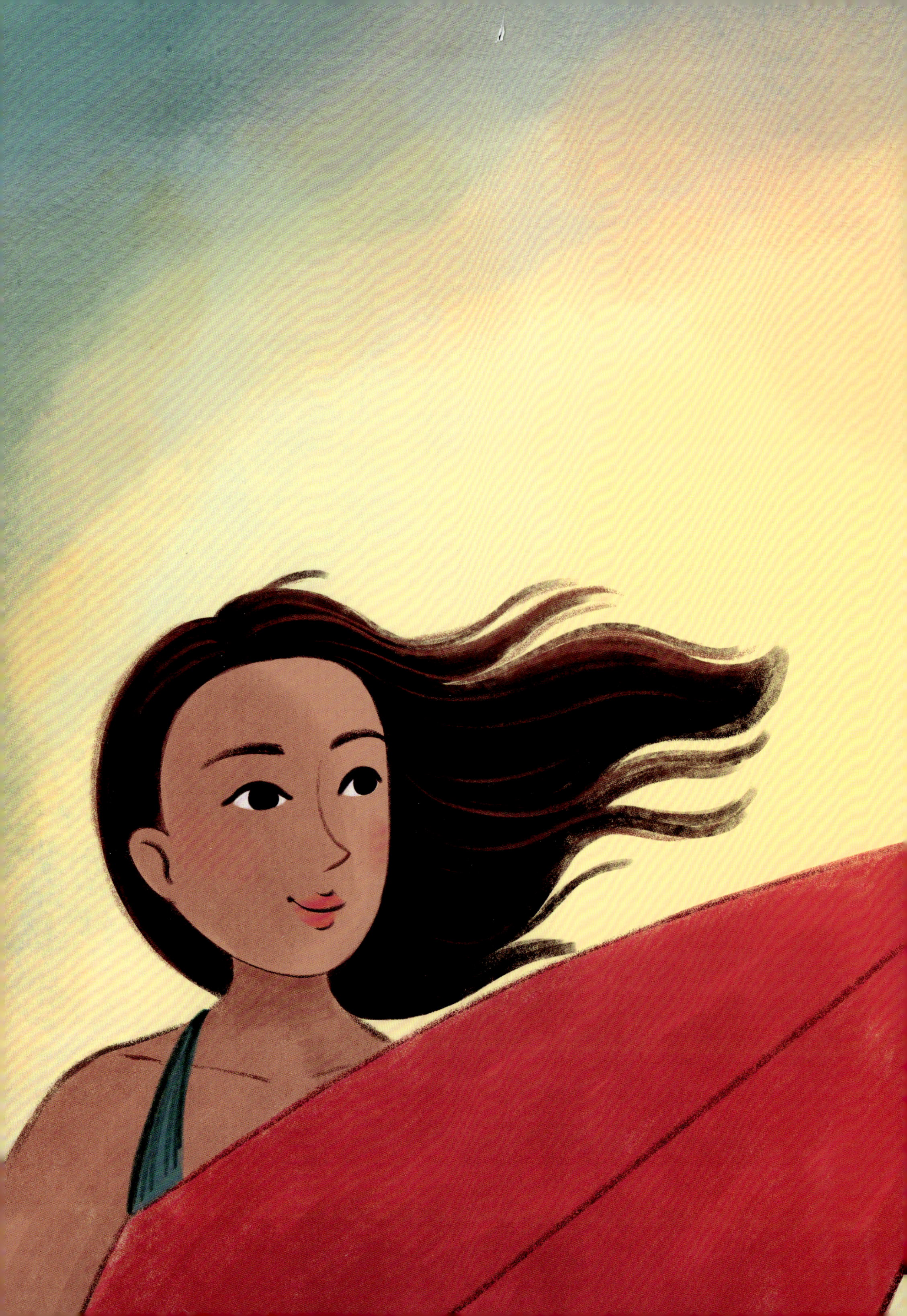

Sobre Maya

Eu cresci no Rio de Janeiro, Brasil, e me apaixonei pelo surfe na minha praia local, Ipanema, aos quatorze anos. Meus amigos surfavam, mas eram todos meninos. Isso me passava a forte impressão de que surfar não era um esporte para garotas. Mas alguma coisa sobre o oceano, sobre a liberdade e sobre viver em um mundo dominado por homens despertou minha imaginação. Eu pulei de cabeça, ignorando as limitações que eu e minha família acreditávamos que eu tinha por ser uma criança asmática.

Comecei fazendo aulas em uma escola de surfe na minha região e, a partir daí, eu me aventurei pelo mundo. Aos quinze anos, estudei e surfei no exterior, na Austrália. Aos dezessete, eu me mudei para o Havaí, o lugar mais famoso do mundo para surfar. Eu me senti inspirada ao ver Jamilah Star, uma das poucas mulheres que surfavam em ondas gigantes na época, carregando sua enorme prancha gun (um tipo de prancha moldada especificamente para pegar esse tipo de onda) pela praia de Waimea Bay: uma mulher corajosa no meio de muitos homens. Desde então, continuo a viajar para surfar nas ondas mais bonitas e famosas do mundo.

Hoje moro em Nazaré, Portugal, como a Maya desta história. Em 2007, eu me tornei surfista de ondas gigantes, sendo a primeira mulher no meu esporte a fazer isso profissionalmente. Onze anos depois, na Praia do Norte, em Nazaré, peguei uma onda de 20 metros, a maior da minha vida até agora – e a maior já surfada por uma mulher. Fiz uma petição à Liga Mundial de Surfe para que a organização estabelecesse o primeiro recorde feminino (até então, apenas homens eram homenageados) e obtive o primeiro Recorde Mundial do Guinness de maior onda surfada por uma surfista. Em 2020, quebrei o meu recorde, também em Nazaré, ao pegar a maior onda do ano (desta vez, contando as categorias masculina e feminina), que media mais de 22 metros.

Muitos não acreditavam que isso fosse possível, inclusive eu mesma em alguns momentos da minha carreira: uma mulher vencendo homens no surfe de ondas gigantes, um esporte que até hoje é dominado por eles. Um esporte que pode ser perigoso, mas que celebra a coragem, a força e o poder – atributos que dificilmente são associados às mulheres na nossa sociedade – ou celebrados, quando presentes.

Mas essa não foi a primeira vez que surfei em Nazaré. Anos antes, quando desafiei minha coragem, tentei surfar nas ondas de lá e falhei, quase me afogando em uma onda enorme. Fui duramente criticada e me disseram que eu não estava preparada. Durante quatro anos, enfrentei cirurgias na coluna, traumas físicos e emocionais, dúvidas e incertezas. Enquanto isso, observei meus colegas homens serem elogiados por sua coragem – e suas habilidades nunca eram questionadas. Naquela época, eu poderia ter desistido, decidido que não poderia mais continuar, por motivos físicos ou emocionais. Em vez disso, fui paciente, estudei minhas fraquezas e melhorei minhas estratégias. Mergulhei fundo para me aperfeiçoar e segui em busca do meu sonho de dominar a Fera: as ondas de Nazaré.

Como uma mulher jovem no mundo, aprendi a ser independente, a impor meu ponto de vista e a lutar pelo que realmente importa. E sei que cheguei até aqui porque meu pai me inspirou a sonhar. Ele é um jornalista e político, e fui morar com ele quando eu tinha treze anos. Meu pai me ensinou, por meio de suas ações, que dedicação, paixão e trabalho duro são a receita para uma vida plena. Minha família também permitiu que eu me aventurasse pelo mundo e o explorasse sozinha; nunca estabeleceram limites nem me obrigaram a cumprir expectativas. E assim cresci, pronta para encontrar meu verdadeiro eu, para seguir meu próprio caminho e ver o mundo.

Embora *Maya e a Fera* seja uma obra de ficção, uma espécie de conto de fadas inspirado pela minha infância e pela minha descoberta do surfe, ela ainda é a minha história. Por meio dela, quero compartilhar com todas as crianças (especialmente com meu amado sobrinho, Leo) que nossos sonhos podem se tornar realidade se persistirmos. Eu fui desafiada e questionada, caí, chorei, mas nunca deixei que isso me parasse. Transformei tudo em oportunidades, lições de vida e *motivação*. Sou grata porque, embora não tenha sido fácil, meu caminho foi rico, único e intenso. Devemos incentivar as crianças a seguirem em busca de seus sonhos, a descobrirem seu verdadeiro eu, a experimentarem, errarem, a se levantarem e nunca desistirem. Especialmente para as meninas: sua coragem, sua curiosidade e sua vontade de se desafiar devem ser sempre incentivadas, nunca questionadas.

**Acreditamos
nos livros**

Este livro foi composto em Geller Text Light e impresso pela Gráfica Santa Marta para a Editora Planeta do Brasil em dezembro de 2022.